Inspirado en la película

Miguel
y la
gran
armonía

Autor y ganador del Premio Newbery
Matt de la Peña

Ilustraciones de
Ana Ramírez

Traducción de
Roni Capin Rivera-Ashford

DISNEP PRESS
Los Ángeles · Nueva York

Para todos los magníficos educadores que le enseñan a la juventud
a oír la música.

—M. de la P.

En estos tiempos de incertidumbre, quisiera dedicar este libro a
todos ustedes que creen que el poder de la música puede derribar
paredes, tocar corazones y unir a la gente.
Para Harley Jessup, por darme una oportunidad.
A mi papá, a mi mami y a mi hermana. Gracias por siempre estar ahí.

—A. R.

Para los corazones de todo mundo, de todas las edades, de todas las
naciones, La Música vive en ti y tiene el poder de unirnos a todos con
su gran armonía.

—RCR-A

Diseño de Winnie Ho

Impreso en Estado Unidos
Primera edición en pasta dura, octubre de 2017
10 9 8 7 6 5 4 3 2 1
ISBN 978-1-4847-8149-4
FAC-034274-17237

Número de control de la Biblioteca del Congreso: 2017936308
www.disneybooks.com

Primero se oye el sonido.
Una sola cuerda tocada,
una nota soplada,
una sonaja golpeada.

Y de repente aquí estoy.
Donde hay música, hay color.
Y donde hay color, hay vida.

Me paseo por esta ciudad vibrante, decidida a combatir la tristeza.

—Música, te necesitamos, de nuestros corazones te imploramos.

Para crear una gran armonía, yo también los necesitaría.

Aquí estoy dentro de las campanas de boda vibrando,
la banda cambia a una balada y cada mano enlazada
rodeando a la pareja brillante.

Aquí estoy en un pueblito con todo
mundo celebrando a la quinceañera.
Todos se mecen al son de esta rasposa
canción mientras la chica festejada
sube la corona a su cabeza.

Aquí estoy acurrucada encima de una tumba en el panteón,
dando vida a las reflexiones silenciosas de los seres queridos
con el llanto precioso de un solo violín.

Hoy estoy con un trío de músicos que afinan sus guitarras,
saludando a todo aquel que va pasando, riéndose a carcajadas.
Corren a un perro callejero.

Otro músico se acerca al basurero con una guitarra rota y dice:

—Siempre fue buena conmigo.

—Pues sí, hasta que te sentaste en ella —responde su amigo.

Siguen las carcajadas mientras el hombre
se deshace del instrumento roto y vuelve a su lugar.

Toca las cuerdas de nylon en la nueva guitarra,
mientras yo me paseo sobre los ritmos por toda la plaza.

Al atardecer los callejones están llenos de gente,
y voy saltando de canción en canción.
En noches cálidas como esta somos lo mismo, la ciudad y yo.
Cuando mi sonido vuela entre la luna y las estrellas…

una viejita enfurecida sale de una zapatería.

–¡Paren esa música! –grita–. ¡Que Mamá Coco se va a molestar!

Un guitarrista asombrado va en busca de su sombrero más deseado.

Un trompetista guarda su instrumento, y por andar apurado,

sin querer tumba un cajón de clavos que acaba volteado.

Antes de desaparecer del todo, noto a un muchacho:
escoba en una mano, pala en la otra.
Y mientras todos en la zapatería quieren correr a los músicos,
el muchacho no despega su vista de las guitarras.
Tiene la música en el corazón.
Él voltea a buscarme,
pero yo ya he desaparecido en un vacío descolorido.

Al día siguiente me levanto
con el canto de los gallos
y voy corriendo de un lugar a otro.
Pero todo el día no puedo dejar de
pensar en el muchacho.

Me encuentro ignorando
a una bandada de
pájaros cantores
para seguir el trote de
las patas de un perro.

A media calle me detengo
para asomarme por la ventana de la zapatería.
Pero el muchacho no está.
Suspiro y miro a su familia ocupada haciendo zapatos.
Hay un tipo de armonía en el trabajo rítmico que cada quien hace.
Están haciendo un trabajo de corazón… es su pasión.

Estoy por retirarme con el silbido del viento
cuando desde arriba de repente se oye un ligero movimiento.
Voy siguiendo los sonidos hasta el techo como si estuviera
escalando una cuerda.
Y entonces descubro un ático secreto.

Adentro, el muchacho mueve las antenas de una mini televisión.
Cambio la dirección de las ondas de radio
para que entre con claridad la interpretación de esa vieja canción.
El muchacho tiene la mirada fija, con fascinación.
Luego mete un casete en la vieja grabadora y presiona la tecla de grabación.

Levanta la escoba y mueve los dedos sobre los trastes invisibles
como si estuviera tocando una guitarra.
Cuando la canción termina, y el gentío empieza a aclamar,
el muchacho rebobina la grabación para que la música vuelva a tocar.

–¡Miguel! –grita un hombre desde abajo–.
¡Ya vente a comer!
El muchacho apaga el casete, tapa la televisión,
y sale apurado del ático para ir a cenar.

Al día siguiente lo sigo hasta la plaza
donde está tocando una banda de músicos callejeros.
–Dante, vamos –le dice a su perro,
y los dos se van moviendo entra la gente
para llegar hasta el frente.
Estando tan cerca de la música, la cara del muchacho
se ilumina.
Está unido al sonido.

Pero en el instante en que voy a murmurar mi nombre en su oído, aparece su abuelita.

Aleja al perro y jala al muchacho del codo sacándolo de entre la gente.

–¡Mijo, tienes que olvidarte de los mariachis! –le dice ella.

–Ya sé, pero…

–¿Quieres hacer enojar a tu mamá Coco?

Él sacude la cabeza y sigue a su abuelita hasta el taller.

A veces todo el mundo parece una nota mal tocada.
A veces los colores se desvanecen y desaparecen.

En una cercana cafetería, me entra
una gran melancolía:
Ahí, un viejo toca mi tristeza en su
pobre requinto.

Y me vienen recuerdos de otro
muchacho, de otros tiempos.
Antes se sentaba solo y escribía
canciones hasta muy noche.
Y cuando llegó a ser hombre, le
cantaba arrullos a su bebita amada.

Nunca olvidaré los colores radiantes que salían de sus ojos brillantes...
por eso estoy aquí.

Vuelvo a recordar al muchacho de
la zapatería.
La música existe dentro de los
corazones de los humanos.
Si no puedo dirigir a este niño
hacia su pasión, ¿entonces por qué
estoy aquí?

El perro callejero que anda olisqueando a mis pies
me distrae de mis profundos pensamientos otra vez.
En ese momento se me ocurre la idea: puedo pedir ayuda.
Me agacho y en voz baja, a Dante le cuento mi nuevo plan.

La mañana siguiente amanece fresca, sin nubes
y con aromas del destino.
En cuanto Dante percibe mi presencia
le arranca la escoba al muchacho y sale corriendo.

Corre por los callejones hasta llegar a la plaza.
Ladra, aulla y rasca el lado del basurero.
–¡Dante! –grita el muchacho, casi sin aliento–
¿Qué te pasa?

Es cuando la ve.

Durante su turno esa noche, en la zapatería,
a un par de cotorras cacareando me acerco a abrazar
hasta que el muchacho sale a investigar.
Los pájaros volaron, pero no antes de que el muchacho
descubriera los clavos desparramados.
Se guarda los clavos en el bolsillo y siente que no está solo.

En los días siguientes, en el ático secreto, un martillo escucho:
Es el muchacho que en arreglar la guitara se esfuerza mucho.
Por fin, cuando la termina, pone el video apasionante
y mueve los dedos como el famoso cantante.

Ese fin de semana, el muchacho, a escondidas saca de la zapatería
su guitarra sin cuerdas y se marcha a la plaza con alegría.
Se sienta con Dante en una banca vacía
y se pone a soñar que enfrente de un gentío va a tocar.

Con todas mis fuerzas hago soplar un viento muy fuerte
para tumbarle a un músico el sombrero del copete.
El hombre a su sombrero va correteando.
Entre todo el gentío de la plaza lo anda buscando
hasta que con el muchacho termina chocando.

El músico examina la guitarra, que se le hace conocida.
También examina al muchacho.
Luego mete la mano en su bolsa
y le entrega a Miguel su último juego de cuerdas.
—Toca lo que llevas en el corazón —le dice.
El muchacho mira las cuerdas y afirma con la cabeza:
Lo único que ve es su familia.

Esa noche, antes de acostarse, le pone las cuerdas a su guitarra reparada
y la afina, acomodando sus dedos en los trastes.
Fija su mirada hacia abajo viendo a Dante,
después mira la ofrenda casera que tiene delante.
Siente latir con fuerza su corazón, con un ritmo palpitante.
Con un gran suspiro, comienza suavemente a acariciar
las cuerdas de nylon con los dedos.

El muchacho no se da cuenta de que con el sonido del primer acorde
él ha llegado a ser parte de una gran armonía.
Pues aquí está con movimientos mágicos, en el cielo arriba del ático.

Y aquí está en el viento que va silbando mientras por las ventanas de la zapatería va pasando.

Y aquí está en la tierna expresión
del rostro de su mamá Coco.

Algún día estos sonidos podrían llegar a ser canciones
para darles color a los demás corazones.
Pero en este momento él es solo un muchacho con una
guitarra en un ático secreto,
y el aire que respira está lleno de vida.